Saanqaad

Saanqaad

Saanqaad

Eedda u oogan carruurta Soomaaliyeed waxaa u aanaysan waalidkood.

Cali M. Cabdigiir (Caliganay)
Soosaarka 1aad __ First Somali Edition
Buugta Cali Cabdigiir __ Ali Abdigir books
Qoraagii: Sandareerto, Baadisooc, Dhagar iyo Dhayalsi, ...

Bilic lama taaban karo wax keeni kara oo aan **Nabad** ahaynna ma jiraan. Nabad la'aan waa bilic la'aan.

Saanqaad

Eedda u oogan carruurta Soomaaliyeed waxaa u aanaysan waalidkood.

Cali M. Cabdigiir

(caliganay54@hotmail.com/abdigir54@gmail.com).

Magac: Saanqaad, Soomaali Xuquuqda dhowrsan.

Cali M. Cabdigiir
Soosaarka 1aad 2018
www.createspace.co m
for amazon

ISBN: 978-1985346635

Saanqaad

Mahadin

Eebbe ka sokow, waxa aan gaar u mahadinayaa xaaskayga Xidigo Gurxan Axmed iyo wiilkayaga Bashiir Cali Cabdigiir (12 jir), oo heeggan ii ah mar kasta oo aan u baahdo gacan xagga sawirrada la xiriirta.

Saanqaad

Murti Soomaaliyeed

Dal aan qoraa lahayn

Waa geel aan gorof lahayn

Gorof = gaawe = toobke = haruub-geel

Saanqaad

Saanqaad

Saanqaad ma socod baa?

Soddon gu' ma saamaa? Mise

socoto weeyoo Weli sanooyin

baa haray?

Saxansaxo ma roob baa?

Saadaal ma sugan tahay?

Sakaraad ma silic baa?

Soomaali ma sogob baa?

Sidatani ma nolol baa?

Sirta qoys ma sahal baa?

Nafta sahwi u siiddaa Adiguba bal

saawee.

__Cali Cabdigiir

Saanqaad

1

Ceebla waxa ay ahayd gabar Soomaaliyeed oo yaraannimadeedii hoodo u yeelatay in ay hesho barbaarin wanaagsan.

Daryeelkaas hufani waxa uu sal adag ku yeeshay dhaqankeedii.

Dadku kala ayaan roone, Ceebla, dhanka guurka saami wanaagsan bay ka heshay. Amaba waxaa la oran karaa buro ama dheeraad baa la siiyey. Balse, waxaa jirta aragti dadka badanki isku raacsan yahay. Waxaa la yiraahdaa: Hoodadu (nasiibku) waxa uu gacan siiyaa ka diyaarsan.

Gadaal baan ka arki doonnaa sidii ay ku heshaye, Ceebla, barbaar kufkeeda ahaa bay rag ka xulatay. Aqal baa loo gingimay. Aroos aan laga waalin baa haddana jac looga siiyey. Qoys Soomaaliyeed baa dhismay. Ceebla waxa ay noqotay murwo loo han weynyahay.

Inankii isna waxa uu noqday odaygii reerka.

Dhallinyaronimo macaankeed bay wadaageen

Caadadii soo kallaneyd, Ceebla waa ku ribatay. Hore bay ka xaraartay. Ilmo ayaa Eebbe uurkeeda ku beeray. Afartan toddobaad oo wax dhimmanna qandhooyin aan xiriisanayn baa ku bilaabmay. Waxaa lagu hilaadiyey in qandhooyinkaasi hordhac u ahaayeen fool.

Saadaashaasi ma baaqsan. Ceebla saq dhexe baa nabar lagu taagay. In toddobaad ku siman baa saygeedu ilxoolaadin iyo jeedaalo ku hayey. Malaha fooltag buu ka ilaalinayey. Gacal buu ahaa garaadna Eebbe ugama masuugin.

Gooruhu cidna ma sugaane, Ceebla waxa ay isu diyaarinaysay hooyonimo. Waqtigii foolbeenaadku waa dhammaaday. Fooshii runta ahayd baa iskeentay. Shantii daqiiqaba mar baa la qabanayey. Nabarku xanuun daran buu hadba ku sii qabanayey.

Ceebla, nolosheeda, markii ugu horreysay oo ay foolato bay ahayd. In sidkeedii soo dhammaaday waa la socotay. Maalintii iyo saacaddii ilmuhu uurkeeda galeen uma sugnayn, balse bishii baan ka gadman.

Raadka foosha aan ku joognee, habka fooshu u bilaabato iyo

astaamaheedu sheeko aan si cad ugu kala faahfaahsanayn bay Ceebla ku ahayd.

"Baayo, juucjuuc kale baa ku haya ee fooli kaama dhawa," hablo baa ku oran jirey. "Fooshu marar baysan digniin bixin," hablo waayo-arag ahaa baa iyana docdooda ka oran jirey.

Dhab ahaantiise, markaas, xaajo sheeko waa soo dhaaftay. "Illayn fooli sidaan bay u xanuun tahay" baa maankeeda ku wareegayey. Dhowr jeer bay uurka iska weyddiisay waxa caloosheeda ka imaan doona. "Eebbow i kala keen" baryadeeda bay ugu badnayd. Mar dhif ah baa maanku haleelayey "Eebbow wax san iga keen". Mararna waxa ay ku daraysay "Eebbow nabad igu kala keen". Markii ay gashaanti noqotay, "Eebbow guurka ii hagaaji oo nin wanaagsan igu aaddi" hadaaqeeda kuma badnayd. Kolba, cidna kama maqal. Uur ama maan wax ku jira, iyada Eebbe ayaa loo daayey.

Waa qofba iyo isla hadalkiise, gabadhii ugubka ahayd Waaqu waa u gargaaray. Sooyaalka Soomaalida, in haweeney dhimato kolka ay dhasho wax lala yaabo ma aha. Ummul-raac baa geeridaas aalaaba loogu yeeraa. In ay isku dhimato iyana sheeko Soomaalida ku cusub ma aha. Foosha oo dheeraata iyo arrimo kale oo isbiirsaday baa loo aanayn karaa.

Afrikaanku kala ayaan roone, Ceebla waa loo gurmaday. Ilmo baa madaxii soo muujiyey. Xoog in ay u docoto ama jiirato baa geesaha lagala fadhiyey. Fool xanuun badan bay ahayd. Dhowr jeer bay ku hammiday in aysan saygeeda jacayl dambe la wadaagin. Foosha xanuunkeeda baa hammigaas ku dhalinayey.

Fiiro gaar ah: Sooyaalka koonku hadda hayo, dadba waxa uu ka uskunmay Afrika. Marka, Afrikaanku waa dadka koonka ku dhaqan awowgi.

Hoodo kale baa gacan siisay, oo nabad baa Eebbe ku kala keenay Ceebla. Haddana, Waaqu wax san buu ka soo saaray. Ceebla Caanomaal, afadii Samadoon Dhibyare hooyo bay noqotay. “Waa wiil” haweenkii ummulinayey baa iskula hadaaqay. Ilmo caafimaad qaba buu ahaa. Tiradii dadka koonka ku dhaqan baa hal ku darmaday. Waa boqollow qaar baa yiri.

Si kastaba ha noqotee, waa adag tahay in si sugan loo ogaado intii maalintaas dhalatay. In kasta oo la sheego in tirada dadka koonku 7 bilyan sii haabanayso, haddana taasi hubanti ka durugsan. Tiradaas inta dabshidkii ku kororta iyana waa maloawaal wadiiqo yar oo la raaco leh.

Haddana, dalal hilaad adeegsada baa hubanti u dhaweeya tirada carruurta dhalata dabshid gudihi.

Dhanka Soomaalida, geed hoosti inta ku dhalata warkeedaba iska dhaaf. Ee hal magaalo sida Hargeysa ama Gaalkacyo inta maalintii ku dhalata baan si fudud lagu garan karin. Ama waxaa la oran waa dhif iyo tuke cad mar la arko. Dad qaabkaas isugu hawla baanba jirin.

Hanka iyo himilada bulsho walba bar tilmaameed ka dhigato bay horumarkooda tiigsata. Soomaalidu ma garaad xuma, balse han beeleed bay dhaafi la'dahay. *"Ninkii/qofkii u han weyn hoggaanka dalkow,*
hankaagu ha dhaafo reer hebel
Xasan Dhuxul iskama oran."

Yeynaan murugo ku siibane, kolkii haweenku isku la wareegeen "Waa boqollow" Ceebla waa maqashay. "Waa wiil" ma dhibsan, balse "waa boqollow" dhegaheedu uma bogin. Haddii ay gabar dhali lahayd "Waa kontonley" in ay oran lahaayeen baa maankeedu hilaadiyey.

Ceebla Caanomaal, xaaskii Samadoon Dhibyare, hooyadii Dhowrad Samadoon Dhibyare, gabadhii Maansoor Sooyaal, gabadhii kaad-dhalka noqotay, yaraanteedii iyo kaddib midna cidna weligeed kuma oran wiil baad ka liidata. Horey baan u soo sheegnay in ay barbaarin wanaagsan soo heshay. "Barbaarin wanaagsan" baa arrimo badan hufan. Oraahda "Barbaarin hufan" hadda in aan ka doodno Saanqaad kuma socdo.

Curadkii koonka ku soo biiray waxaa loo bixiyey Dhowrad. Ilmo kolkii uu naaska hooyadi ka haago hurdo la dhaca buu noqday. Yaraantiisii baa hooyadiis bilowday in ay u ducayso. Ceebla, iyada oo aan afartankii ummusha ka bixin bay garaaraha tuurtay. Hammigii ahaa *"nin dambe jacayl la samayn mayo"* dib looma garwaaqsan. Ummuli halmaan dhawaa bilaash kuma imaane, ee kaad-dhalkii uur kale bay durba qaadday.

Horin carruur ah oo naaska isu daayey bay isku xijisay. Intii karaankeed ahayd, si wanaagsan bay u korisay. Intaas baaba lagu kuunyi jirey.

Aan hore uga soconnee, sida aan soo tibaaxnay, Dhowrad waxaa aabbe u ahaa Samadoon. Waa barbaarkii ay Ceebla rag oo dhan kala baxday. In kasta oo shayga bilic loogu yeero qofba hadba si u eego, haddana bilic muuqata oo gabdho badan darteed ugu baratameen kuma dooran. Hanti badan oo uu haystay iyada haba sheegin. Balse, qodobbadii ay ku dooratay ma beenoobin kolkii uu saygeeda noqday.

Horraantii, ama barbaarnimadiisii, ama waayihii doobnimada waxa ay ku baratay taakulayn marka u haleelaba uu u fidin jirey waayeelka iyo carruurta. Hablaha dhankooda lama mari jirin.

Ceebla waxa ay tiqiin Samadoon dhowrkoo dabshid. weligeed ma arkin isaga oo caraysan. Aalaaba waa ilko caddayn jirey.

Iska-yeel ma ahayn ee dhaqankiisa bay xididdo adag ku lahayd. Xishood intii uu ka qabey, daandaansiga iyada baa bilowday.

Samadoon dhowr gabdhood buu u dhexeeyey. Deris yare xoogaa kala durugsan bay ahaayeen. Ceebla, marar bay imaan jirtey guriga reer Dhibyare ama Samadoon gurigooda. Samadoon walaashiis bay jaal la ahayd. Isaga oo gabdhaha taakuleynaya bay arki jirtey. Qoslaaye baa mara loogu yeeri jirey.

Haddaba, Ceebla yaraannimadeedii bay inanka isha gelisay. Dugsigii sare waa kala hadfeen. Balse dabshidyo dambe bay dib isu heleen. Dib dambe uma kala fogaan.

Jacayl yaraan ku fufay oo mar dantu jiilaalisay haddana Waaqu isla bulaashay baa lagu tilmaami karaa. In kasta oo barashada koowaad marar hillaac been ah raacdo, kolkii uu say noqday, Samadoon waxa uu la soo baxay gado kale. Dhaqankii lagu bartay markii uu doobka ahaa iyo saadaashii lagu doortayba ma seerayn.

Madasha uu joogo waa lagu daahi jirey. Waxaa gaar u sii jeclaa carruurta. Sheekoxariiro aad u macaan baa dhallaanku uga barteen. Aad baa loogu tixgelin jirey maaweelada carruurta.

Beryihii dambese, Ceebla baa meel fariiso tiri. Muddo buusan qiran in Ceebla sheekooyinka carruurta kaga fiican tahay.

Beryihii ay Dhowrad foolan doontay bay aroortii kolka ay kacaan u kaftami jireen sidatan.

Saygii wacnaayow

Sararaha u faydoo

Sebekayga seexshow

Sokeeyahaan jeclaayoo

Saamiga u helayow

Saaka waa sidee?

Inta ilko caddeeyo oo mararna uu mac siiyo buu oran jirey:

Mar haddaan sad kuu helay

Saxan aan la joogo

Xisku saaxi weeyoo

Waa nolol samaatee

Midka uurka lagu sido

Hadda maxuu ku sugan yahay?

Caloosheeda oo giig tirantay, oo diillimo yeelatay maadaama ilmo gudaheeda korriimadii ku dhammaysteen bay gacanta marin jirey. Waxa ay kolkaas oran jirtey:

Suuxdimo kuma jiroo

Sigtuu igu hayaa

Saadaal baa muuqato Dhawaan

waa soo socdaa Aayar baan

sugaynnaa.

Eebbiyo annagaa u sahanoo

Sariir baa u dhiganoo

Arki maayo silic.

Ma hubo in ay hees ku jirto, ama ay murti sideeda isugu aaddan tahay, balse waxa ay tiraahdaa:

Saddex weeye aadane

Waa yaanba aayaan

Mid eegga soo dhalan

Mid aroos gelayaa

Midna iil tegayaa!

Geeddisocodka nolosha iska dheh. Sayga iyo afada, waa Ceebla iyo Samadoon e', beryo badan bay si hoose ugu tartamayeen maaweelinta carruurta. Midna tartiib isuma dhiibin. Balse carruurtoodii baa kala reebtay. Ceebla baa loo xukumay taleexinta sheekooyinka. Samadoon dhowr jeer buu ku hammiyey in uu garsoorka carruurta racfaan ka qaato. Hoos buu wax u xuuraamey. Waxaa u soo baxday in hooyo aan lagula tartami karin u-roonaanta, udabacsanaanta iyo barbaarinta carruurta. Gari labo kama wada qosliso buu isaga qancay.

Carruurtii waa koreen waxayna gaareen heer ay la doodaan waalidkood. Maadaama garaadka carruurtu korayey, xirfadihii lagu barbaarin lahaana waa sii cuslaadeen. Ciyaarihii carruurtu waxa ay noqdeen soo-dheeraad kashihii lagula socon lahaana waa soo yaraadeen. Foojignaan iyo ka-fiirsasho badan baa loo baahday.

Samadoon iyo afadiisii, Ceebla waxa ay ka showreen qaabkii loola hanaqaadi lahaa dhaqdhaqaaqii iyo arrimihii kale ee carruurta ee xawaaraha ku socday. Doodaha iyo ciyaaraha carruurtu waxa ay jaanta la qaadayeen waayaha iyo xaaladaha gaar ahaaneed ee deegaanka. Waxa ay haddana shidaallo kale ka qaadanayeen qaabkii facoodu u dhaqmayey. Waa arki doonnaa sababta e', xaaladda deegaanku ma ahayn sidii ay ahaan jirtey kolkii Ceebla iyo Samadoon korayeen.

Dhaqanka carruuraha deriska qaar baan Ceebla u riyaaqi jirin. Reero baan dabka kala qaadan jirin. Carruurtu waa la socdeen waxa keenay. Eed ay waalidka u haysteen bay ahayd. Haddana, cidna maanka ma gelin in ilmuhu eeddaas soo oogi doonaan.

Waa arki doonnaa sida eedayntaasi fagaare u tagto iyo sida waalidku ka yeelaane, kolkaas, marar badan baysan Ceebla kaalin weyn ku lahayn cidda ay ilmaheedu jecel yihiin in ay jaal la noqdaan. Ceebla waa ka gaabsan jirtey in ay ilmaheeda toos ugu sheegto deriska aysan dhaqankooda ku jacsanayn. Iyada baa carruurteeda ku waanin jirtey in xantu xun tahay. Xinifo ka dhexeeyey reero deriska ka mid ahaana ilmaheeda waa ka qarin jirtey.

Adduun iyo xaalki iska dheh.

Korriimadu Kadeedkeeda iyo kaskeeda bay la kobocdaaye, Samadoon iyo Ceebla waxa ay go'aansadeen in la qoro xeer qoysku ku kala dambeeyo. Iyada oo carruurtii talo laga siiyey arrimaha qaarkoodna si fiican looga dooday baa la isu geeyey qodobbo loo bixiyey xeerka qoyska.

1. In deriska la dhowro,
2. In tuugo iyo dhaqan-xumo nooc ay yihiinba reebban yihiin
3. In waqtiyada akhriska aan la ciyaari karin,
4. In waxbarashada carruurtu lamahuraan tahay
5. In carruurtu ay gar u leeyihiin in ay la ciyaaraan carruurta facooda ah

6. In qof walba hortii hadalkiisa la dhegeysto,
7. In ay ku ciyaari karaan goobo gaar ah oo waalidku xaaladdeeda wax ka og yahay
8. In waxii ismaandhaaf ah Wadahadal iyo kala-garqaadasho lagu dhammeeyo
9. In garsooraha guriga ay Ceebla ama hooyo tahay,
10. In garsoorka guud ee qoysku Samadoon/aabbo yahay oo ka hooyo racfaan looga qaadan karo,
11. In garsoorka Samadoon qudhiisa la saluugi karo, oo garsoorka sare

carruurta racfaan loo qaadan karo maxkamadda sare carruurta

12. Gadoodka laga qaato garsoorka Samadoon waxaa kor uga xigey garsoorka waaladiinta oo 7 xubnood ka kooban,
13. In garsoorka guddiga waalidiintu yahay ka u sarreeya, oo xukunka u dambeeya halkaas ka dhaco.

Xeer qodobbada aan soo taxnay ka mid yihiin baa reer Samadoon u degsanaa. Xeerkaas baa kala hagi jirey qoyska reer Samadoon. Ugu yaraan, tobaneeye jeer baa maalintii maxkamad la qaadi jirey. 80% in ka badan, astakooyinka waxaa qaadi jirtey Ceebla. Labaatanka harayna, ilmuhu racfaan bay ka qaadan jireen. Samadoon baa la isula tegi jirey. Inta badan, astakooyinka Samadoon loola tago waxaa la dhegeysan jirey maalinta jimcaha.

Carruurtu dhowr jeer bay dacwo ka keeneen maxkamadda jimcaha la qaadayo. Dooddoodu waxa ay ku salaysnayd waqtigooda ciyaarta oo qayb laga qaadanayo. Hawl-toddobaadka Soomaalida, maalmaha Sabti, Axad, Isniin, Talaado, Arbaco iyo khamiista gelinkeeda hore waxa ay ahaayeen maalmo shaqo. Gelinka dambe ee khamiista iyo jimcaha waa maalmo nasasho.

Ilma Samadoon waa sii koreen. Dhowrad qaangaar[i] buu ku dhawaaday. Marka Samadoon maqan yahay, waxa uu muujin jirey hanaqaadnimo. Ilmaha kale ee reer Samadoon waxa ay ku hiran jireen tusaalaynta Dhowrad.

Dhan kale, Dhowrad waxa uu ku baraarugsanaa dagaal sokeeye oo dalka rafaadinayey.

Guud ahaan, xaaladdii nabadeed ee Soomaaliya suququr bay ku jirtey. Ta ciyaareed iyana qulqulato bay sii gashay. Meelo ilmuhu ku ciyaari jireen baa lagu aasay miinooyin. Dhibaatooyinkaas dagaalka sokeeye la yimid ilmuhu wax badan bay kala socdeen. Waxaase uga sii dhuun dalooley waalidka oo har iyo habeenba wadnaha farta ku hayn jirey.

Mashaqadaas ay Soomaalidu gacmaheeda ku keensatay waxa ay meelo badan fasaqday dhaqankii wanaagsanaa ee bulshada. In badan baa hammigoodii ka badin waayey beridhaxmo. Qoys walba tiisa baa haysataye, Ceebla waxa ay aragtay halis ku soo socota ilmaheeda.

Dhan kalena, ilmihii waxa ay sii kordhiyeen dheelihii iyo doodihii ay la wadaagi jireen waalidkood iyo jiilkoodaba. Qaarkood ma ahayn kuwo la dhayalsan karo. Aragti tixgelin mudan kolkaasna aan wax qumman cid gaar ahi ka qaban karin bay ku taagnaayeen.

Balse, waa carruur iyo dhayalsigoode, dhowr jeer bay ka tillaabsadeen in ay qaataan talooyinka hooyadood. Qardaafooyin aan dhaawac geysay bay marar la kulmeen. Ceebla indhihii bay sii kala furtay. Maankeeda bay rogrog ugu dhaqaaqday. Dhowr qodob oo xeerka qoyska ka mid ah baa kala doorashadoodu ku baaranaysay. Tillaabo waano lagu qaato in ay bixiso bay meel dhigatay.

Ina Caanomaal talo waa soo uruurisay. In kasta oo iyagu ay uga horreeyeen jebinta qodobbo xeerka ka mid ah, Ceebla waxa ay goosatay in ay iyana jebiso qodob xeerka qoyska ka mid ah. Oo weliba ay ka dhigto mid maankooda ku tirma.

Maalin bay carruurtii oo meel aan loo fasaxin ku ciyaaraya, oo ay ku tuhunsanayd in miinooyin ku xabaalan yihiin dhengad kula dhex dhacday. Mid walba xandhaf xanuun leh bay faraha ka saartay. Ku jirow ka bax baa ka dhacday. Xataa ku kuwii cagaha u sheegtay ma cafin ee guriga bay ku heshay. Dhengad bay ka sintay. Ilma Samadoon oohin bay iskula wareegeen. Midna ilmo kama baaqsan. "Hooyo dhaqan kuuma ahaan jirey in aad dhengad nagu waraabiso ee maxaa dhacay," bay xoogaa kaddib hal mar la soo wada boodeen. "Hooyo xeer baad jebisay," qaar baa sii raaciyey. Weero kale baa haddana midba meel kala soo booday.

“Intaas kuma eka,” erayo ay u raacisay bay ka mid ahaayeen.

“Suu yeh sey teh” badan kaddib, Ceebla waxa ay ku andacootay in xiskii wacnaa ka tegey. Erayo badan oo lagu hurgufayna dhegaha bay ka niibatay. Carruurtii, buuqii iyo cabashadii ma kala joojin.

Fiiro gaar ah: “Suu yeh sey teh = waxa uu yiri iyo waxa ay tiri (afka Ingiriisiga ‘He said she said’)”

“Suu yeh sey teh” kasta waa lagu beer dulucsan waayey Ceebla Caanomaal. Weero badan oo darandoorri ugu hoobanayey dheg jalaq uma siin.

Afadii Samadoon waaba ismurugaysay. Riwaayad bay wanaagsan u jishay. Sidii qof wax ka dhumeen bay iska dhigtay. Hadba meel bay ku boodday oo wax ka fiirisay. In xiskii ka dhumay dheel-dheel kama dhigin. Carruurtii waxa ay la murugoodeen hooyadood waxayna si hagar la'aan ah ugu qalab qaataan in ay caqligii wax ka raadshaan, maadaama caqligii wax lagu kala agaasimi lahaa dhumay, oo ilmaha dheeshoodii iyana xayirantay.

Haddana, ganaaxii intaas ugama harin ee Ceebla xayiraado kale bay soo rogtay. Ilma Ceebla waa arkeen in arrin sidii hore ka duwan tahay. Su'aalihii iyo doodihii bay kobtoodii ka sii wadeen.

Ceebla dan bay lahayde waaba isasii maahisay. In caqligii fiicnaa ka hallaabay bay run u sii muujisay. In garaadkii ay wax ku kala hagi jirtey loo raadsho bay ku cabatay. Ilma Samadoon yaab iyo irkig baa ka soo haray. Gacmihii bay madaxii saareen.

Cub iyo cir bay tagtay. Xaajo waa isku cakirantay. Dan baa kolkaas tiri, "Cub iyo cir" dhan ha looga ruqaansado. Ceebla xoogaa bay kolkaas soo dabacday. Waxa ay tiri, "Haddii aad rabtaan in aan wada hadalno, caqligii wanaagsanaa waa isagii dhumay ee ii soo raadsha". Waxa ay yiraahdeen, "Garaadka aad hadda ku hadlayso nagu la dood". "Iguma filna oo doodihiinna iskama caabbin karo, inta ii hartayna geedaha in aan uga leexdo kama badna," warcelintii hooyo Ceebla baa noqotay. Ilmihii qosol bay jaanta wareen. "*geedaha in aan uga leexdo kama badna*," iyo qosolka ay dhalisay baa kistoo laga kaftamay.

Haddana, carruurta iyo Ceebla, qolona kama harin wadiiqihii kolkaas "Qir iyo qirta, ama 'Googgaa iyo cadale," taagnaa.

Si kastaba ha ahaatee, waxaa laga fursan waayey in caqli doonis loogu dhaqaaqo mar kale.

Xoogaa haddii carruurtii isku walaahoobeen, waxa ay yiraahdeen: Horta, hooyo, shayga aan raadinaynnaa sidee u eg yahay? Aammus bay ugu cabtay iyana waxa ay ku adkaysteen in loo sheego walaxda ay raadinayaan sida uu u egyahay. "Wax lagu masleeyo ma leh idinka baana garan doona kolka aad aragtaan ee doonista sii wada," warcelin bay intaas Ceebla uga heleen.

In caqligii wanaagsanaa ka dhumay Ceebla waa ka dhabaysay. Markii ay damcaan in ay ciyaar u baxaan waxa ay oran jirtey, "Caqligii wanaagsanaa ee aan uga hammin lahaa codsigiinna waa aad og tihiin ii uu iga maqan yahay ee ii doona".

Ceebla, in kasta oo loogu soo baxay, haddana hawlihii reerka bay kala socodsiinaysay ciyaarihii ilmahana jixinjix baa looga dhaartay. Ilma Samadoon dib bay u hammiyeen. Mar kale bay isku dayeen in hooyo caqligii ka dhumay loo raadsho.

Haddiise aan loo sheegin walaxda aad raadinayaan sida ay u egtahay, wax ay raadshaan waa garan waayeen. Haddana, talo ay uga baaqsadaan baadigoobka waa ku adkaatay.

Xeelad kasta oo ay isku dayeen in ay hooyadood go'aankeeda ku beddelaan waa u shaqayn weyday. Sasabasho iyo raalligelinba jidgooyo baa ka hor timid. Ceebla baa qorshe kale ku taamaysay.

Ilma Samadoon kolkii ay marar badan dhowr siyaaloodna wax u eegeen ayna la sheekaysteen facoodii, ilma Samadoon waa soo uruursheen taladii. In aan hooyo caqli ka dhumin bay isku raaceen. Sidaas daraaddeedna in caqli ay meelaha ka eegaan waa ka gaabsadeen.

Talo waxa ay ka fursan weyday in si kale wax la isu tuso. Qodob xeerka qoyska ka mid ah baa boorka laga jafay. Hooyo Ceebla baa horteeda la soo dhigay.

2

Maadaama waxii ismaandhaaf ah in Wadahadal lagu dhammeeyo ay iyadu ilmaheeda ku barbaarisay, xoogaa garqaadasho ah bay la timid. Qodobbadii xeerka baa dib loogu laabtay. In ay maxkamadeeda racfaan ka qaataan bay oggolaatay.

In kasta oo tillaabadaas ay u arkeen kaabad yar oo laga gudbey, haddana sidii ay jeclaan lahaayeen ma ahayn. Waxa ay xusuusnaayeen mar dhif ah moojiye, guddoomiyaha maxkamadda racfaanku in uusan khilaafin garsoorka maxkamadda hoose, oo sida aan soo sheegnay hooyo Ceebla garsoore ka ahayd.

Maadaamase ay ahayd in xeerka qoyska lagu dhaqmo, Samadoon astakadii ayuu eegay. Dooddii baa la furay. Saxarla oo lix jir ahayd ayaa loo doortay in ay hadalkii bilowdo. Waxbarasho qumman ma gaarin aad bayna ciyaarta u jeclayd. Cabashada Saxarla in aabbo lagu beer dulucsado shaxda ilmaha bay ka mid ahayd.

"Ninba dhan u badi" waa murti Soomaaliyeede, Saxarla waxa ay tiri, "Aabbo,

hadda ka hor, hooyo waxa ay noo sheegtay in garaadku uusan ahayn shay la taaban karo, imminkana waxa ay na leedahay meelaha ka doon-doona. Adigu ma noo sheegi kartaa inta uu le'eg yahay iyo midabkiisa?"

Haddiiba lix jirtii sidaas u hadashay, Samadoon arag ilmuhu in aysan kaftamayn. Waxii sheekoxariiro garaadkooda kobcinaya ay ku maaweelin jireen in aysan hal bacaad lagu lisay noqon baa ku sii xasishay. Carruurtu gar leh Ceebla-na gar leh baa u muuqatay. In Ceebla uu garta ka naqo iyada oo aan gaarin halkii ay ku taamaysay ma rabin. Dhinac kalena, ilmaha oo aan qancin in uu xukun rido waa ka xishooday.

Samadoon, talo waa ku cuslaatay. "Sidee xeego loo xagtaa ilkona ku nabad galaan" baa xaajo ku noqotay. Maankiisii ayuu si wanaagsan u sii gujiyey.

Samadoon si gaar ah buu waayo-arag ugu ahaa dhaqanka carruurta. Waxaa u weheshay tabobar barenimo ee dugsiyada hoose. Talo baa u soo baxday. Waxa uu ogaa in ilmuhu neceb yihiin hadalka badan. Waxa uu istusay in uu astakadan isdhaafiyo.

Kolkaas buu yiri, "Aabbo, maadaama aad ku doodaysaan "hooyo xis kama dhumin ee waa ismaahinaysaa," dooddani waa kulushahay. Marka, maxaad ka qabtaan in dacwaddiinna ay dhegeysto garsoorka waaladiinta?" "Waa rabnaa in maxkamadda sare iyo garsoore

Xujaale uu dooddayada dhegeysto," baa badankoodii hal mar ku hadaaqeen.

Dhowrad oo carruurta ugu weynaa ayaa dacwadii garsoorka ka soo diiwaanshay. Waxaa loo soo sheegay maalintii astakada la dhegeysan lahaa. Ilmihii waxa ay isku sii hagaagsadeen qodobbadii ay ku doodi lahaayeen. Ceebla, qudheedu isma dhigan ee iyana dankeedii bay isku uruursatay arrimaheedii.

Saanqaad

3

Ballantii ayaa la gaaray. Ceebla iyo carruurtii baa fagaarihii doodda lagu qaban lahaa soo galay. Labo kooxood bay u kala socdeen. Ceebla waxaa la socdey hooyooyin iyo aabbeyaal kale oo ay isku si wax u arkayeen.

Dhegeysteyaal badan baa maxkamaddii yimid. Culummo, caamo, Wadaad iyo Waranle, carruur iyo cirroole, arday iyo bare looma kala harin. Carruurtii magaaladu, iyagu gaar bay isugu qaylo dhaansadeen. Dad kale oo kuwo deegaannada u dhow Badbaadiso uga yimid in ay dacwada sida loo qaadayo iyo doodaha la isweydaarsano ay maqlaan baa iyana fagaarihii buuxshay.

Maxkamad caadi ah ayaa furantay. Sheekh Tiirshe ayaa maxkamaddii magac dhowday. Aayado quraan ah buu akhriyey.

Xujaale labo go' oo cadcad iyo duub isna cad buu xidhnaan. Kitaab quraan ah baa midigta u yiil. Dhanka bidix waxaa u yiil dhiganeyaal badan oo u badnaa xeerarka guud iyo kuwo xeerarka carruurta ku saabsan. Burris ama dubbe qori ka sameysan insa horta buu u saarnaa.

Garsoore Xujaale waxa uu yiri:

Maanta oo khamiis ah, maxkamaddu waxa ay dhegeysan doontaa dacwad ay soo oogeen ilma Samadoon Dhibyare. Waxa ay soo martay labo heer oo garsoor. Maxkamadda qoyska oo Ceebla astakooyinkeeda qaaddo iyo maxkamadda racfaanka oo Samadoon qaado baa midba mar soo eegay. Ceebla iyo Samadoon waa waalidka dhalay carruurta astakada soo gudbiyey. Dhallintu waxa ay ku qanci waayeen garsoorkii hooyadood iyo kii aabbohoodba. Iyada oo xeerarka carruurta iyo dhaqanka suubban la raacayo, gar bay noqotay haddaba in garsoorkani dhegeysto.

Xujaale, isaga oo hordhicii doodda sii wada waxa uu ku daray:

Gari Ilaah bes bay taqaan. Ee haddii ay cid kale garato waa gar eexo. In kasta oo inta wanaagga aragta isla qabto, haddana, Soomaalidu waxa ay ku ducaysataa: *Eebbow aqoon la'aan ha nagu cadaabin eexna ha nooga tegin.*

Xujaale, kolkii uu dadkii faagaraha yimid uu si kooban ugu sheegay eedaynta ilma Samadoon soo oogeen—iyaga oo ka soo gadooday maxkamadihii waalidkood, waxaa dhegeysigii maxkamadda lagu soo dhaweeyey ilma Samadoon. Curadkii reer Samadoon, Dhowrad baa kolkaas astakadii ku furay:

> Garsoore, garaad dhumay oo sariiraha hoostooda, luuqyada, santuukhyada iyo xashimaha laga fiirinayo waa noo kow. Hooyo hawlaheedii caadiga ahaa bay wataa. Uma muuqato qof xiskii ka dhumay. Waana yaab kalee, goortii aan damacno in aan ciyaar u baxno, hooyo doqon-doqon bay iska

dhigaysaa. Kolkii ay xoogaa dhegoole iska dhigto bay tiraahdaa "Maandhooyinow caqligii fiicnaa maxaad iigu raadin weydeen,' ciyaartiinna waxaa idin ka hor taagan caqli filina mayo in la soo helo ma ahine in aan dheelihiinna dhugmo u yeelan karo." Haddaba, nala ma aha in hooyo xis ka dhumay ee dheelahayaga bay noo diidaysaa. Oo caqli baa iga dhumay waa marmarsiinyo. Annaka bayba marar nagu eedaysaa in qudhayada xiskii wanaagsanaa naga dhuuntay. Eedahaasi waxa ay noola muuqdaan kuwo aan isqabin karin.

Dheeho oo kuluc fiican ahayd baa dooddii sii kabtay. Waxa ay tiri:

Garsoore, waan koreynnaa ciyaaruhuna waa nala korayaan. Noocii aan awal xiisayn jirney, meelihii aan ku dheeli jirney iyo ilmihii aan la ciyaari jirneyba waa isbeddeleen. Qaabkii naloo waanin jirey ayaa qudheeda wax iska beddeleen. Aabbo goortii uu dacwadayadii dhegeystay ayuu isa soo dhaafiyey. Samadoon Dhibyare, aalaaba garsoorka hooyo kuma tiigto. Aad baan ugu riyaaqsannahay in garsoorka sare arko eedayntayada. Garsoore, imminka, adiga ayey hortaada taal.

Xujaale si wanaagsan buu u baraarugay. Doodo maangal ah baa la hor dhigay. Kolkii uu isyiraahdo hadalka waa soo xirayaanba mid hor leh baa la wareegayey. Waxaa maankiisa ku wareegaysanayey arrimo dhaqanka bulshada Soomaaliyeed ku jira. Marar badan, in aan carruurta Soomaalida loo oggolaan in ay maankooda ka hadlaan buu garwaaqsanaa. Waxa uu ku taamayey in dhaqankaas wax laga beddelo.

In badan oo waalidka ka mid ah baa sidaas la qabtay.

Sidaas daraaddeed, go'aanku hadhow dhankii uu doono ha aadee, Xujaale waxaa Saanqaad wacan ula muuqday in cabashooyinka iyo aragtiyaha ilmaha la dhegeysto—iyada oo aan been ama aragti ma lihid lagu jujuubin. Go'aammada laga qaato gafafka carruurtu galaan in si wanaagsan loo tusaaleeyo baa u sawirnayd.

Haddana, waxaaba fagaarihii garsoorka laga wada dareemay in carruurta dacwaddoodu isku habaysan tahay. Garaad oo intii doodda loo soo qaybshay ugu yaraa baa astakadii ku soo kufiyey sidatan. Waxa uu yiri:

> Garsoore, xeerka qoyskayaga, gacan in la isu qaado ceeb ayey ahayd. Hooyo waxa ay nagu oran jirtey
> "Dagaal iyo caqli isku meel ma galaan. Inta caqli jiro nabad baa jirta." Sidaas oo ay oran jirtey, walaxdii ay noo caayi

jirtey bay samaysay. Hooyo in wax ka dhumeen waa muuqataa. Balse, waxa ka dhumay caqligii in uusan ahayn baan filaynnaa. Waxa ay nala tahay in dulqaadkii ay lahaan jirtey qaar ka dhumay.

Carruur maxkamadda joogtay ayaa hadalkii u sacabbiyey. Kolkaas baa maxkamaddii ku wargelisay in ay aammusnaan ku dhegeystaan. Garsoorihii oo dacwad loo-qaateen ah lagu harqiyey ayaa kolkaas Ceebla u bandhigay in ay iska caabbiso eedda lagu soo oogay.

Ceebla buug bay la soo kala baxday. Carruurtii, kolkii ay arkeen hooyadood oo buug la soo kala baxday bay hoos nuxnux ka bilaabeen. "Aan garsoorka ka codsanno in aan dooddeenna dib ula laabanno, si annaguna buug ugu soo qoranno," mid baa ku taliyey. Maxkamaddii baase ku waanisay in ay aammusnaan ku dhegeystaan markooda inta dacwadu mar kale u soo wareegayso. Tartanka iyo xin-hoosaadku meel kasta ha gaaree, Ceebla, iyada oo carruurteedii indhaha ku xadaysa bay tiri:

> Garsoore, ilmahayga iyo aniga xeerar baa na kala hagi jirey. Xeerarkaas qoritaakoodii qayb bay ku lahaayeen. Iyaga baa qodobbo ka mid ah jebshay. Weliba, qodob adag oo aan loo dhawaan karin bay ka tillaabsadeen. Meel aan ku tuhunsanaa in miinooyin

ku xabaalan yihiin oo aan uga digey bay aadeen kuna ciyaareen. Eebbe waa badbaadshay, balse waa sigteen. Waan carooday. Caradii darteed baa caqligii fiicnaa iga dhuuntay welina sidii buu baaqi iiga yahay.

Carruurtayda baan ka codsaday in ay ii raadshaan. Aniga, baadigoob bay iigu maqan yihiin ee garsoorka sare ee carruurta baa lagaaga yeerayaa, oo ilmahaagii baa la idin doodsiinayaa sugi mayn. Waxaanse ku qanacsanahay xukunkii maxkamaddu gaarto.

Carruurtii ayaa hooyadood si wanaagsan u eegay. Waxaa u muuqatay haweeney qurux badan si wanaagsanna u labbisan, isla markaasna aan ahayn qofkii ay qosolka iyo ilkocaddaynta ku yaqaanneen. Waxaa u muuqatay hooyo xisaabtan diyaar u ah, oo saaka in ay guul maxkamadda kala tago u soo qalabaysatay. Saxarla baa damacday in ay hooyadeed u tagto, balse Dhowrad baa inta ku dhegay fariisiyey kuna yiri, “Hooyo, maanta dacwad baa naga dhexeysa ee hooyonimada u kaadi inta aan gurigii isla tegeynno”. Warcelintaas, Saxarla kuma qancin waxaase loogu hanjebay in aan lala ciyaari doonin haddii aysan fariisan.

Haddana, maxkamaddii baa carruurtii ku waanisay in dhaqdhaqaaqa iyo hadalkaba ay joojiyaan.

Xujaale, kolkii uu eedayntii iyo iskacaabbintiiba dhegeystay ayuu yiri:

Waxa Soomaaliya maanta ka jira marka loo eego, reer Samadoon waa qoys dhaqan, oo haddana dhaqan wanaagsan. Si wanaagsan baa la idiin barbaarshaa. In kasta oo dhowrista ballanta quraanka lagu sheegay garaadka fiicanna qabo, hooyo in ay gacan idiin qaaddo idinka ayaa keensaday. Waayo, goor colaadeed baa lagu jiraa. Sidaas darteed, sida aad jeceshihiin, goorta aad rabtaan, cidda aad rabtaan in aad la dheeshaan iyo meesha aad ku qanacsan tihiin iskuma heli kartaan. Ta kale, waayahan dambe, qofkii caqli la oran jirey ummado badan oo Soomaali ka mid tahay baa karbuuno ku goobaya. Marka, in caqli dhumo oo nabasta haweenka iyo jeebabka ragga laga eego waa maangal. Ceebla, qodobkaas kuma gafsana.

Garsooruhu waxa uu islahaa carruurtu waa qanceen, weerar hor leh bayse soo cesheen. Meel aan laga filayn bay weerar ka keeneen. Sugaal baa dooddii halkaas ka sii waday. Waxa uu ku daray:

Garsoore, adiga ayaa hadalka ku furay *"Gar Ilaah keli bes bay taqaan"*.

Maxkamaddii racfaanka baa maxkamadda sare noo soo gudbisay.

Xuquuqdii aan carruur ahaan lahayn baa nala ku haystaa. Xuquuqdaas qodobbo ka mid ah maanta nama siin kartaan waxaana la sugaynnaa kolkii qaran guud dalka ka dhismo, oo maxkamad dastuuri ah oo madax bannaan la dhiso.

Garsoore Xujaale waxa uu dareemay in oraahda "nama siin kartaan" ay culus tahay. Waxa uu gartay in waalid oo dhan la isku duubay oo eedaynta kor loo sii raray. Kolkaas buu yiri, "Xuquuqda guud oo maanta aydnaan heli karin maxay tahay?"

Carruurtii, Dhowrad bay u garteen in uu warcelinta bayaansho. Waxa uu yiri:

Garsoore, waxaa idin soo koriyey awooweyaashayo iyo ayeeyoyaashayo. Marna dagaal sokeeye oo sidaan oo kale u xun aayihiinna eber ugama dhigin. Aabbahay baa marar ku maahmaaha *"Jinni qofkii keena baa baxsha"*. Marka, dhibta aad ka hadlayso idinka baa keenay. Si aan berri dalka u hananno oo aan idiin nasinno, annaku barbaarin wanaagsan baan idin ku leennahay. Ciyaarta, iyada kamaba maaranno, oo in ay kobcinta garaadka iyo jirka door u tahay hooyo iyo aabbo hor bay noogu sheegeen. Midda kale, meelihii aan ku ciyaari lahayn oo 24 malyan oo afka Soomaaliga ku hadasha ka dhexeysa idinka ayaa qashin ku qabay, ama miinooyin ku xabaalay, ama guryo ka dhistay. Carruurtii aan la ciyaari lahayn waxa aad isugu kaaya sheegteen beelo aan isu gelin. Maanta, halkan, caddaalad baan u fadhinnaa. Marka, garsoore bal dhegeyso tixda Maxamed Xaashi Dhamac (Gaarriye):

Cadli baa wax doojee

Wax kaloo na deeqoo

Dadka lagaga eedbaxo

Nin u doonay heli waa.

4

Gartii weji hor leh bayba la soo baxday. Xujaale hammi hor leh baa ku dhashay. Maadaama uu jiilka Samadoon ku jirey oo haddana uu ahaa aabbe, qudhiisii ayaaba eedaysane lagu sheegay. Muranhoosaad waa dhaaftay. Ilmihii waxa ay taabteen boog. Dhinaca kalena, masayr ayaa galay Xujaale. Heerkii ilama Samadoon u fekereyeen ayuu kuunyey. Ceebla iyo Samadoon waa uu yiqiin. Sidaas darteed, inta badan, haddii waalidku dhaqan wacan yahay in ilmuhuna dhaqan hufnaan karaan baa suuregal sare ugu soo baxday.

Hase ahaatee, garsoore Xujaale, si uu dareenkii carruurtana u hantiyo garsoonimo hufanna u muujiyo, labadii dhab buu weyddiiyey in ay wax ku darayaan dooddooda. Qolo walba in ay ka dhan tahay bay sheegeen.

Maxkamaddii waa sii cuslaatay. "*Nin xil qaaday eed qaad*" la iskama oran. Guddoomiyaha talo aan leexleexasho lahayn ayaa hor tiil. Go'aan baa laga sugayey umana fududayn in uu go'aan dhoqso leh gaaro.

Arrin waxa ay ka fursan weyday in carruurta aan la cabburin. Garsoore Xujaale, guddigii garsoorka ayuu in yar la tashaday.

Guddigii maxkamadda oo Xujaale hoggaamiyaha u ahaa talo buu soo gaaray. In maanta halkaas lagu hakiyo oo khamiista dambe la isu soo laabto bay maxkamaddii soo jeedisay. Tillaabadaas, ilma Samadoon ma jeclaysan maadaama toddobaad kale ciyaartooda iyo dhaqdhaqaaqyadoodu xayirnaan doonaan.

Waxaa maxkamaddii uga dhex muuqday carruur ay ciyaar wadaag ahaan jireen oo labo toddobaad aysan is-arag maadaama iyaga ganaax saarnaa. Intii aan qodobbada la isku haysto la isku maandhaafin, carruurta xaafadda ilma Samadoon ka tirsanaayeen, oo la oran Beryosamo iyo xaafad kale ayaa ciyaar kubbadda cagta ah ku ballansanaa. Waxa ay la dheeli lahaayeen xaafad kale oo la oran jirey Laacdheer. Ciyaarta Beryosamo iyo Laacdheer waxa ay dhici lahayd khamiista soo socota—taas oo ahayd maalintii markaas maxkamaddu dacwada u dib dhigtay. Arrintu intaas waa ka sii cuslayd.

Labo ilma Samadoon ah baa kooxda Beryosamo ka tirsanaa. Dhowrad waxa uu ka ciyaari jirey lambarka 7aad waxa uuna ka mid ahaa halbowleyaasha kooxda.

Saanqaad

Saanqaad

5

Kooxda kubbadda cagta ee Beryosamo waxaa la oran jirey Taakiso. Haddaba, Taakiso talo waa ku xumaatay. Markii maxkamaddii ay dacwadii dib u dhigtay ayaa kooxdii Beryosamo aragtay furin ku bannaannaatay, oo weliba labo ciyaartow ka maqan yihiin. Kooxdii codsi degdeg ah bay maxkamaddii u qortay. Waxa ay qoreen codsiga soo socda.

Codsigii kooxda Taakiso

Badbaadiso, Lixadhaqo, 15, 2004

Ku maxkamadda sare ee carruurta

Badbaadiso

Ujeeddo: Codsi fasax ciyaartay ka tirsan xaafadda Beryosamo

Ka: Kooxda kubbadda cagta Beryosamo

badbaadiso

Garsoore, waxaa khamiista soo socota, Lixadhaqo 22, KYZK dhacaysa ciyaar kubbadda cagta ah oo dhex mari doonta kooxda Taakiso ee xaafadda Beryomaso iyo kooxda Hanaqaad ee xaafadda Laacdheer. Ciyaartaas oo ballanteeda la qabtay bil ka hor. Taakiso waxaa ka tirsan Dhowrad Samadoon iyo Garaad Samadoon. Labadaas ciyaartoy, oo laf dhabar u ah Taakiso ayaa hooyadood gurijoog ku ganaaxday, halka go'aanka maxkamaddu gaari lahayd 14, XYZK isna dib loo dhigay. Sidaas darteed, maxkamadda sare ee carruurta waxa aan ka codsanaynnaa in maxkamaddu dib u eegto ballanta ciyaarta iyo ballanta maxkamadda.

Keynaan Kaldhaaf

Kaftanka kooxda Taakiso

Warcelintii Garsoorka

Maxkamaddii dacwadii ayey eegtay waxayna celisay jawaabtaan.

Axad, Lixadhaqo 16, 2004 Badbaadiso

Ku: Kooxda kubbadda cagta ee Taakiso

Badbaadiso

Ujeeddo: Go'aan maxkamadeed

Og: guddoomiyaha maxkamadda qoyska Reer Samadoon

Ceebla Caanomaal Badbaadiso

Maxkamaddu markii ay eegtay codsigii kooxda, markii ay tixgelisay waqtigii ballanta ciyaarta oo maxkamadda ka horreysay, markii ay hubisay waqtiga iyo meesha ciyaartu ka dhacayso, waxa ay gaartay go'aankan.

Dacwadii ilma Samadoon lid hooyadood Ceebla Caanomaal, toddobaad bay dib u dhigtay waxaana la qaadayaa khamiista xigta.

Xujaale Xaaji Xagar

Guddoomiyaha maxkamadda sare ee carruurta

Hase ahaatee, Taakiso waxaa khasab ku ahayd in ay iyana codsi kale u gudbiyso reer Samadoon, gaar ahaan Ceebla, maadaama go'aankii maxkamadda hoose gaartay aan tii racfaanka iyo tii kore midna jebin.

Codsigii 2aad ee kooxda Taakiso ee ku Ceebla Caanomaal

Axad, Lixadhaqo 16, 2004

Badbaadiso

Ku Ceebla Caanomaal

Badbaadiso

Ujeeddo Codsasho: Dhowrad iyo Sugaal

Ka Horjoogaha kooxda Taakiso

Keynaan Kaldhaaf

Badbaadiso

Mudnaanto garsoore, khamiista soo socota waxa aan ciyaar kubbadda cagta ah la yeelan doonnaa kooxda Hanaqaad ee xaafadda Laacdheer. Waxa aan kaa codsanaynnaa in aad labo galbood noo fasaxdo wiilashaada Dhowrad Samadoon iyo Sugaal Samadoon, oo ka tirsan kooxda Taakiso.

Horjoogaha Kooxda Taakiso

Keynaan Kaldhaaf Xaafadda Beryosamo ee Badbaadiso

Warcelintii Garsoorka qoyska

Ku: kooxda Taakiso

Xaafadda Laacdheer ee Badbaadiso

Ka: Ceebla Caanomaal

Garsooraha hoose ee reer Samadoon ee

xaafadda Beryosamo ee badbaadiso.

Ujeeddo: Oggolaansho

ciyaartoyda Dhowrad Samadoon

Sugaal Samadoon

Og: Dhowrad Samadoon

Sugaal Samadoon

Ceebla oo la socotay dib-udhigiddii maxkamadda iyo ballantii ciyaarta, ayaa sida soo socota ku warcelisay. Waxa ay tiri:

Mudane Keynaan, codsigaagii waa yeelay. Waaqood baa lehe, wiilashayda Dhowrad iyo Sugaal waxa ay fasaxan yihiin galabta Arbocada oo kooxda ay la tabobaranayaan iyo galabta khamiista oo ciyaartu dhacayso.

Guul baan idiin abdeynayaa;

Ceebla Caanomaal,

Garsooraha maxkamadda hoose ee qoyska reer Samadoon

Xaafadda Beryosamo ee magaalada Badbaadiso.

Saanqaad

6

Sida aan hadda la soconno, dacwadii ilma Samadoon lid hooyadood Ceebla Caanomaal, toddobaad kale baa dib loo dhigay. Waxaa sidaas maxkamaddu u yeeshay in ay qabsoonto ciyaar kubbadda cagta ahayd oo la qabtay doodda garsoorka ka hor. Ilma Samadoon oo iyagu soo oogtay eedaynta baa ka tirsanaa kooxaha ciyaarayey middood. Garsoorku waxa uu tixgelin siiyey rabitaanka hagaagsan haddana maangalka ah ee carruurta.

Kolkii kooxda Taakiso ka codsatay, Ceebla Caanomaal iyana waxa ay labo galbood oggolaatay in wiilasheeda Dhowrad iyo Sugaal qayb ka qaataan ciyaarta Taakiso iyo Hanaqaad.

Maadaama xaalku maxkamddana ku ahaa "Sidee xeego loo xagtaa ilkona ku nabad galaan", Khamiistii lagu ballansanaa baa maxkamaddii la isugu yimid. Dooddii baa dib loo furay. Xujaale, isna xujo ayuu la yimid. Waxa uu yiri:

> Waa runtiin oo aayihiinna dhabarjebin baan ku samaynnay. Haddii aan nahay waalid dhanka wanaagsan wax ka eega, eeddaasi waa nagu taagan tahay. Haddana, hooyo Ceebla hadal gar ah bay sheegtay. Waa runteed oo maanta haddii aan nahay Soomaali caqli fiican faraheenna kuma jiro.
>
> Balse, waxa aan wax ku malaynayaa Islaan qaraabo ah oo indheergaradnimo lagu tuhunsanaa. Islaanta magaceeda Nabad ayaa la yiraahdaa. Maadaama xagga wax

kaydinta ay Islaamuhu ku fiican yihiin caqli in ay xashin ku riddo oo marna uusan faraheeda ka bixin ayaa lagula dardaarmay. Bal iyadii aan u tagno.

Xujaale, sidii uu islahaa, halkaas ayuu arrintii isaga moosay. Xujadii garsooruhu hammi kale bay carruurtii ku keentay. Cidda tiri Nabad ha loo tago oo caqli ha loo soo weyddiiyo waa maxkamaddii sare go'aankeeduna waa kama-dambays. Dani waxa ay dhanna u dhaafi weyday in Nabad loo tago. Ceebla Caanomaal waxaa maxkamaddii ku war gelisay in ay garsoorka ka war sugto. Maxkamaddii iyo ilma Samadoon baa isu soo haray.

Ugu dambayntii, Xujaale iyo

Samadoon oo carruurtii horkacaya ayaa u dhaqaaqay deegaankii Nabad loogu tilmaamay. Intii ay sii socdeen, dhowr jeer ayaa xaafado weyddiiyeen halka guddoomiyihii maxkamadda sare iyo carruurtu u socdeen. Marar baan kasho loo helin in warcelin lagu deeqo. Garsooruhu luuqyaal badan buu Samadoon iyo carruurtii marshay.

Socod laalaab ah kaddib, waxaa loo tegey Nabad summad Soomaaliyeed leh oo bakad cidla ah iska fadhida. Bog adduunyo oo ay fiirsanaysay agteeda kama muuqan. Dhulka, cagaar badan iyo biyo qumman ka muuqan. In kasta oo waxyaalihii dhaayahoodu tusayey aysan bilic badan lahayn, haddana, kolkaas carruurtu xoogaa bay deggenaayeen. Waxa ay abdo ku qabeen in caqli oo la yiri Nabad baa lagu ogaa la helo, oo hooyo loo geeyo. Haddana, la isma weyddiin haddii Nabad oo caqli haysa loo tago in ay iyadu ka maarmi doonto iyo in kale.

Cid walba sidii ay jeclayd ha ku hammidee, haweeneydii Nabad ee caqliga lagu ammaanaystay arrintii loogu socday baa loo sheegay. Iyada oo aan warwareegin wejigeedana yaxyax ka muuqdo bay tiri:

> Adduun sidiisii hore ma aha. Ma idiin dhab baa! Maxaad isu yeelyeelaysaan! In dhawaale hawlgab baan ahaa.
>
> Awalba, kaalinta iyo tixgelinta aan nolosha ku leeyahayba Soomaalidu

waa dhayalsan jirtey. In kasta oo aan qof walba kow u ahay, oo qof kasta hooyadiis ula wacan tahay koonka dhan, haddana, guud ahaan, mudnaanta aan leeyahay si wanaagsan looma sheego. Walaxdii caqli ahayd dhowr dabshid ma arkin. Oday la yiraahdo Dagaal-ooge baa iga amaahday dib dambena iiguma soo celin. Goortii aan iska fujin waayey, oo aan arkay in uu gacan iila imaanayo ayaan muddo kooban amaahiyey. In kasta oo aan isku ogayn in uu degdeg iigu soo celiyo ballanna uu iga qaaday, haddana, weli waa ku la'ahay.

Ilma Samadoon waxa ay hal mar wada dhugteen Samadoon iyo garsoore Xujaale. Kuwii caqliga amaahday bay ula ekaadeen. Xujaale iyo Samadoon iyana waa isdhugteen. Fiiradii lagu deeqay in ay eedayn ahayd bay dareemeen.

In kasta oo dhugasho dhaliil xambaarsan ay baxsheen, haddana Carruurtii waa qushuuceen. Hadalba waa ka soo bixi waayey. Jidkii Caqli lagu heli lahaa hadba qallooc buu sii gelayey. Arrintii cirka bay isku sii shareertay. Haddana uma muuqan wax ay uga baaqsadaan baadigoobka. Iyada oo aan maxkamaddii go'aamin halkii dagaal-ooge loo abbaari lahaa, si caqli loo soo warsado baa Samadoon erayo iska tuuray.

Samadoon oo ay maankiisa ka sii sharqamaysay dhugashadii eedaynta sarbeebaysay baa yiri, “Maasha dalku xasili waa! Nin aan talin jirin baa tali lagu yiri!” Carruurtii midkood baa yiri, “Aabbo dagaalooge dheh”. In qudhiisu eedaysaneyaasha ka mid ahaa baa lagu suntay.

Saanqaad

7

Daniba tiriye, waxaa loo dhaqaaqay halkii lagu tilmaamay in dagaal-ooge ku sugnaa. Kolkaas, haweeneydii Nabad ahayd baa horkacaysay garsoore Xujaale, Samadoon iyo ilmo Samadoon.

Sidii la doono looma socon karin. Waayo? Cidda loo socday in loo tago waxa ay ahayd dagaal-ooge. Waxaa loo tegey dagaalooge oo dhallinyaro qoryo u qaybinaya, oo haddana amar ku bixinaya in dad kale lagu duulo. Salaadda sidii loo xiran jirey waa halmaamay. Haddana, waxa uu iska dhigayey qof yaqaan sida loo tukado. Aayado quraan ah oo aan afka dhaafsiisnayn buu marar ku hadaaqayey.

Isla markaas, qalabka wax lagu gumaado baa agagaarkiisa ka muuqday qaarna dhallinta garbaha ugu jireen.

Dagaal-ooge waxa uu xirnaa dhagar jeexjeexan oo qaarkood aan muddo la mayrin. Cid lala joogi karo uma muuqan. Qudhiisa ayaaba quus taagnaa oo nasiino u baahnaa.

Illayn dagaal-ooge kasho darane, intii aan la Isnabdaadin buu yiri, “Muraadkiinna sheegta illeyn dan baa iga dhacdee”.

Carruurtii oo aad u jeclaysatay in dagaalooge iyo aaggiisaba laga tago baa inta adkaysan waayey yiri, "Dagaal-ooge caqli raadintiis ayaa dhidid iyo dhacaan nooga dhammaaday. Hooyadayo baan u raadinaynnay. Aakhirkii, sidii la isugu kaaya riixiriixayey, Hooyo Nabado baa noo soo sheegtay in aad caqli ka soo amaahatay.

Dagaal-ooge waa hammiyey. Kuwa isaga garaad ka soo doonay buu ka yaabay. Hadalkiiba waa soo koobay. Waxa uu yiri: Aniga, dhiig qubta, qoys kala irdhooba, dhaqaale burbura, bulsho kala

dalowda, carruur ku diinta waxbarasho iyo qabqable aan u soo dumo dhallin uu xaabada dabka ka dhigto, beelaysi aan walaalaha colaad u kala weriyo baa dhaqan ii ah. Magacyo badan baan ku adeegtaa.

Iskaygaba, fidno socota baan ahay.

Ilma Samadoon, hadalkii dagaal-ooge ma beensan. Wax dhaayahoodu u roon agtiisaba kuma arkin. Naxdin iyo walaac ayey ka sii qaadeen. Waxaaba garsoore Xujaale dhegta ugu sheegay ilma Samadoon in dagaal-oogeyaal qaarkood ku guursadeen guryo agoomeed iyo guryo dawladeed oo Soomaalida dhan hanti u ahaa.

Saanqaad

8

Ilma Samadoon, iyaga oo Samadoon iyo Xujaale midna talo weyddiisan bay gurigoodii u dareereen. Kolkii ay hooyadood u tageen bay yiraahdeen:

> Hooyo! Illayn nimanka dagaaloogeyaal la yiraahdo waa doqommo xataa carruurta dila. Hooyo, sidiisaba, dagaal-ooge caqli bartiis looma oga.
> Hooyo, caqli adiga kaama foga.

Ilma Samadoon, haddii ay hooyadood Ceebla Caanomaal waayo-aragnimadii ay la soo mareen garsoore Xujaale iyo aabbohood oo isna ahaa garsooraha maxkamadda Racfaanka ee qoyska reer Samadoon, waxa ay codsadeen in xoogaa faahfaahin ah laga siiyo waxa “Nabad” loo yaqaan iyo sida loo wada arko.

Ceebla, intii aysan Nabad faahfaahin ka bixin, waxa ay in yar taabatay dagaalooge. Dagaal-ooge shaatiyaal kala duwan buu midba mar gashadaa. Badankood, carruurtoodu waxbarasho ma seegaan. Hadba meel buu diyaar u raacaa. Shacabkiisa in uu dhibaato u geystaan lacag baa ka xigta. Mid walba, bulsho baa beel ahaan ugu xiriirsan. Badankood jeclaan ugu ma xiriirsana. Qaar badan oo xarigga ka furan lahaa cid kale oo ay kalsoonidooda u dhiibtaan baan u muuqan. Cabsi beelaysi salka ku haysa baa bulshada lagu kala beeray.

Hooyo Ceebla, erayada ay dagaalooge ka tiri waxa ay ku xirtay xusuus. Waxa ay tiri, "Hooyo, dhibta ugu daran oo Soomaalida maanta haysataa waa tan. Aqoon yahankii hanka iyo himilada laga sugayey han beeleed buu dhaafi la'yahay." Ceebla Caanomaal si kooban bay u tiri: Hooyo, nabadi waa shay aan la taaban karin. Nabad la'aan waa bilic la'aan. Cidna in ku filan ma qeexi karto.

Nabadi waa caafimaad-qab.

Nabadi waa dakano la'aan.

Nabad la isma siiyo.

Nabad lama kala gadan karo.

Nabad lama kala xoogi karo.

Nabad cid walba waa u dan.

Soomaalidu waxa ay tiraahdaa:

Nin gogoshi waa nabad.

Dheri nabad ah dhagax lalama dhaco.

Nabad baa naaso la nuugo leh.

Nabad-diid waa Alle-diid.

Ergo waa aan nabadno. Aan wada hadalno waa aan heshiinno.

Samaan nabad lagu waayey colaad laguma helo.

Wadahadal nabadeed cid walba waa laga qayb geliyaa.

Colaad kasta nabad baa ka dambaysa.

Saanqaad

9

Ilmihii midkood oo dhabteeda ku jiifay baa yiri, “Hooyo, maalintii aad dhengedda nagu sintay, tii aniga igu dhacday waa xanuun badnayd”. Ceebla kistoo bay aammustay. Hase yeeshee, iyada oo aan raalligelin ka bixin cabashadaas bay furtay sheeko yar. Waxa ay tiri, “Hooyo, waa ka xumahay xanuunka, balse sheekada soo socota dhegeyso. Waxa ay tiri:

Dad badan baa ku dooda in aysan habboonayn in carruurta la tuso Muuqaallo dareenkooda wax u dhimi kara waana la qabaa haddii aan laga fursan waayin. Waano aan qudhaydu fogaysan karo ma aha, haddana dhulku mar kasta cagaar ma aha. Isla aragtidaas, waayo-aragnimada iskuullada lagama dhigo noloshuna iyada baa tusaaloheeda wadata. U fiirsada sheekadan dhex martay aabbo iyo wiilkiis. Waxaa jirey aabbe aan carruurta faraha saarin jirin. Wiil uu dhalay baa gaf sameeyey. Waa laga waaniyey farna lama saarin. Wiilkii waxa uu ballan ku qaaday in uusan gafkaas mar dambe samayn.

Mar kale baa wiilkii sameeyey gafkii uu ballanta ku qaaday in uusan u laaban. Haddana waa laga waaniyey farna lama saarin. Wiilkii waxa uu isna ballan ku qaaday in uu ka waantoobo gafkaas.

Inankii isma beddelin. Arrimihii looga digey in uu ka waantoobo kama joogsan. Ballantii uu qaaday waa ka baxay. Mar saddexdaad buu isla gafkii sameeyey. Haddana waa laga waaniyey waxa uuna sidii caadada u ahayd ballan ku qaaday in uusan u laaban.

Hase ahaatee, aabbehii baa ballantii ka baxay. Wiilkii buu hal dhengad ku waray. Inankii inta aaf labadi yeeray buu yiri, “Sow tii aad ballanta iigu qaadday in aadan waxba igu smayn.” “Waa run, balse adiga baa ballan iiga baxay hortii haddana intaas bay ku egtahay ee iska soco,” odaygii baa yiri. Wiilkii waa dhaqaaqay isaga oo dhengaddii hore la cadanyoonaya.

Balse, markii uu isrogay oo hal tillaabo qaaday baa dhengad kale lagu rogay.

Dulucda sheekadu waa sidatan. Ma jiro hal hab ama qaab oo ilmo lagu barbaarsho. Waa dhaqan qarniyaal la soo eegayey. Haddaba, barbaarinta carruurtu waa dhaqammo badan oo midba mar la adeegsado sida xajafin, canaan, qatooyo gaaban, dheelo laga xayiro ama ganaax-gurijoog.

Saanqaad

10

Si guud ahaan ismaandhaafkii reer Samadoon u soo xirmo, aragti ilmaha Soomaaliyeed bay hooyadood u sii sheegeen. Waxa ay yiraahdeen:

> waxaa noo diyaarsan dacwad. Waxaa aan la sugaynnaa qaran wanaagsan oo dhisa garsoor ka madax bannaan siyaasad nooc ay tahayba. Astakada waxaa u doodi doona dhallin

Soomaaliyeed oo baratay xeerarka garsoorka.

Eedayntu waxa ay ku oogan tahay waalidka Soomaaliyeed. Qodobbada eedaynta waxaa ka mid ah beelaysi, dagaal sokeeye, aqoon la'aanayn, dhunsasho hanti ummadood iyo daadin dhiig Soomaaliyeed. Hadda, qoraal bay ku socotaa. Waxaa waalid badan u qaadan doonaan dhayal iyo iska dheh.

Hase yeeshee, dacwadu waa diiwaansan tahay. Eedaynta carruur Soomaaliyeed ahaan noo diiwaansan ciddii gashay ma mooga. Qirashada eedda ilmaha Soomaaliyeed laga galay waxa ay ka bilaabmaysaa qofka.

Kolkii ay hooyo Ceebla sidaas ku war geliyeen bay yiraahdeen, "Hooyo, goorma ayaad u malaynaysaa in qaska iyo qoloqoladu dhammaanayaan oo qaran guud oo Soomaaliyeed dhalan doonaa?"

Ceebla Caanomaal, xaaskii Samadoon Dhibyare, hooyadii ilma Samadoon Dhibyare, gabadhii Maansoor Sooyaal, afadii carruurteedu u sheegeen in maalin ilmaha Soomaaliyeed waalidkood kala doodi doonaan dagaalka sokeeye iyo arrimo kale oo badan, iyada oo u garaabaysay carruurta Soomaaliyeed bay tiri:

Hooyo, dagaalka sokeeye waxa u dhammaanayaa qaran wanaagsanna la helaa kolka la garto lana qaato waanooyinka soo socda.

Xasan Dhuxul Laabsaalax

Ninkii u han weyn
hoggaanka dalkoow
Hankaagu ha dhaafo
Ha dhaafo reer hebel.

Maxamed Xaashi Dhamac (Gaarriye):

Cadli baa wax doojee

Wax kaloo na deeqoo

Dadka lagaga eedbaxo

Nin u doonay heli waa.

Maxamed Cali Kaariye

Cid kaloo kuu waabta geed

Waa tii gabbalkaa dhacaa

Soomaalaay Soomaalaay garo intaa.

Saanqaad

Cali M. Cabdigiir waxa uu ku dhashay miyiga Mudug. Waxbarashada, ilaa dugsiga sare waxa uu ku soo dhammaystay Soomaaliya. Waxa uu ka mid ahaa ardaydii u firxatay dalka Sucuudi Carabiya 1981-1983 dabadeedna dalka Maraykanka 1983.

Cali Cabdigiir waxa uu aqoonta sare ku dhammaystay dalka Maraykanka, Baruch

College (City University of New York (CUNY)) USA, haddana Willis Business College 1993, Ottawa, Canada. Waxa uu ka mid noqday dadkii dhidibbada u muday dawlad-goboleedka Puntland 1998-1999 kana noqday agaasime guud ee wasaaradda Ganacsiga iyo Warshadaha (1999-2001). Waxa uu haddana noqday tifaftirihii guud ee Dastuurkii 2aad ee Puntland.

Imminka waxa uu degganyahay Canada, gobolka Alberta. Waa qoraagii: **Sandareerto**, Toronto 1994, **Gocosho**, Toronto 1995 iyo Hortii ma la iska Baandheeyey? Garoowe 1999, **Maanraac** oo 1aad Hargeysa lagu daabacay, 2014, haddana Amazon, **Abaal**, Addis Ababa 2014 haddana amazon, *Furfur iyo Filanwaa*, Addis Ababa, 2015, haddana amazon, **Ciirsila**, 2016, amazon, Raadraac 2017, amazon, **Baadisooc** (Diiwaanka sooyaalka xeebaha Soomaalida) oo midab iyo madow labadaba ku soo kala baxay maadaama ay wataan 400+sawir (one in black and white and one in full colour).

www.amazon.com/.ca/.co.uk

Saanqaad

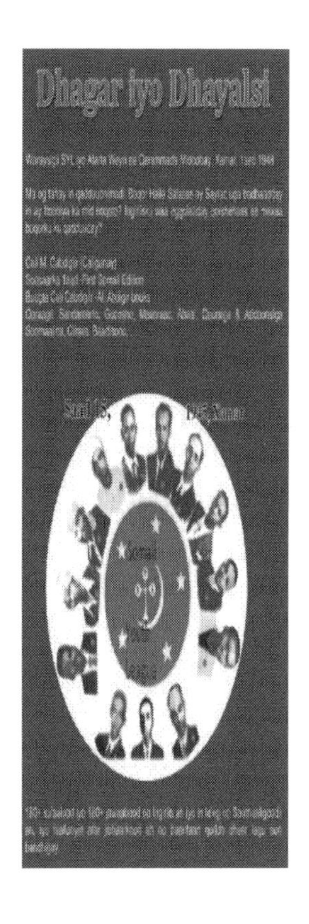
Dhagar iyo Dhayalsi

SANDAREERTO
Sheeko run ku salaysan
Qaska ma qurbahaa keenay mise waa qoonsimaad hore?
Cali m. Cabdigiir (Caliganay)

Saanqaad

Saanqaad

Saanqaad

Manufactured by Amazon.ca
Bolton, ON